I0814811

INSTRUMENTOS MUSICALES
Las guitarras
Cynthia Amoroso,
Robert B. Noyed,
y John Willis
SPANISH & ENGLISH eBOOKS
AV2 BY WEIGL
ADDED VALUE • AUDIO VISUAL
www.av2books.com

Visita nuestro sitio www.av2books.com e ingresa el código único del libro.
Go to www.av2books.com, and enter this book's unique code.

CÓDIGO DEL LIBRO
BOOK CODE

AVE98922

AV² de Weigl te ofrece enriquecidos libros electrónicos que favorecen el aprendizaje activo.
AV² by Weigl brings you media enhanced books that support active learning.

El enriquecido libro electrónico AV² te ofrece una experiencia bilingüe completa entre el inglés y el español para aprender el vocabulario de los dos idiomas.
This AV² media enhanced book gives you a fully bilingual experience between English and Spanish to learn the vocabulary of both languages.

Spanish

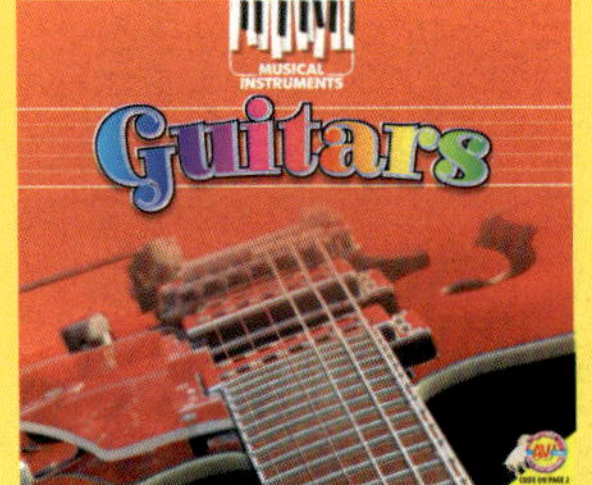

English

Navegación bilingüe AV²
AV² Bilingual Navigation

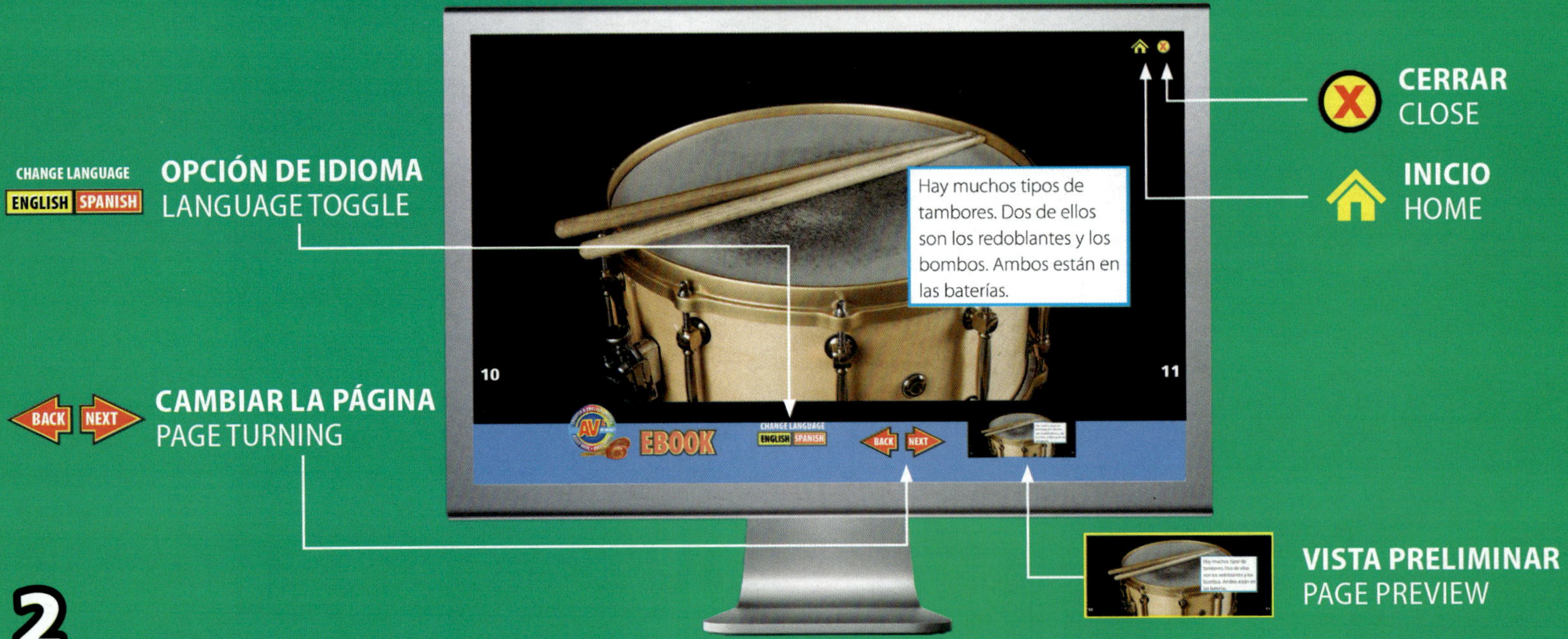

CHANGE LANGUAGE ENGLISH SPANISH
OPCIÓN DE IDIOMA
LANGUAGE TOGGLE

BACK NEXT
CAMBIAR LA PÁGINA
PAGE TURNING

CERRAR
CLOSE

INICIO
HOME

VISTA PRELIMINAR
PAGE PREVIEW

Hay muchos tipos de tambores. Dos de ellos son los redoblantes y los bombos. Ambos están en las baterías.

10 11 EBOOK

Las guitarras

En este libro aprenderás sobre

- las guitarras
- qué son
- cómo se tocan
- ¡y mucho más!

Pluck, pluck. Strum, strum.
¡Es hora de tocar la guitarra!

La guitarra es un instrumento de cuerda. La mayoría de las guitarras tienen 6 cuerdas. Algunas guitarras tienen 4 o hasta 12 cuerdas. Cada cuerda hace un sonido diferente.

En 1984 se construyó una guitarra con 42 cuerdas.

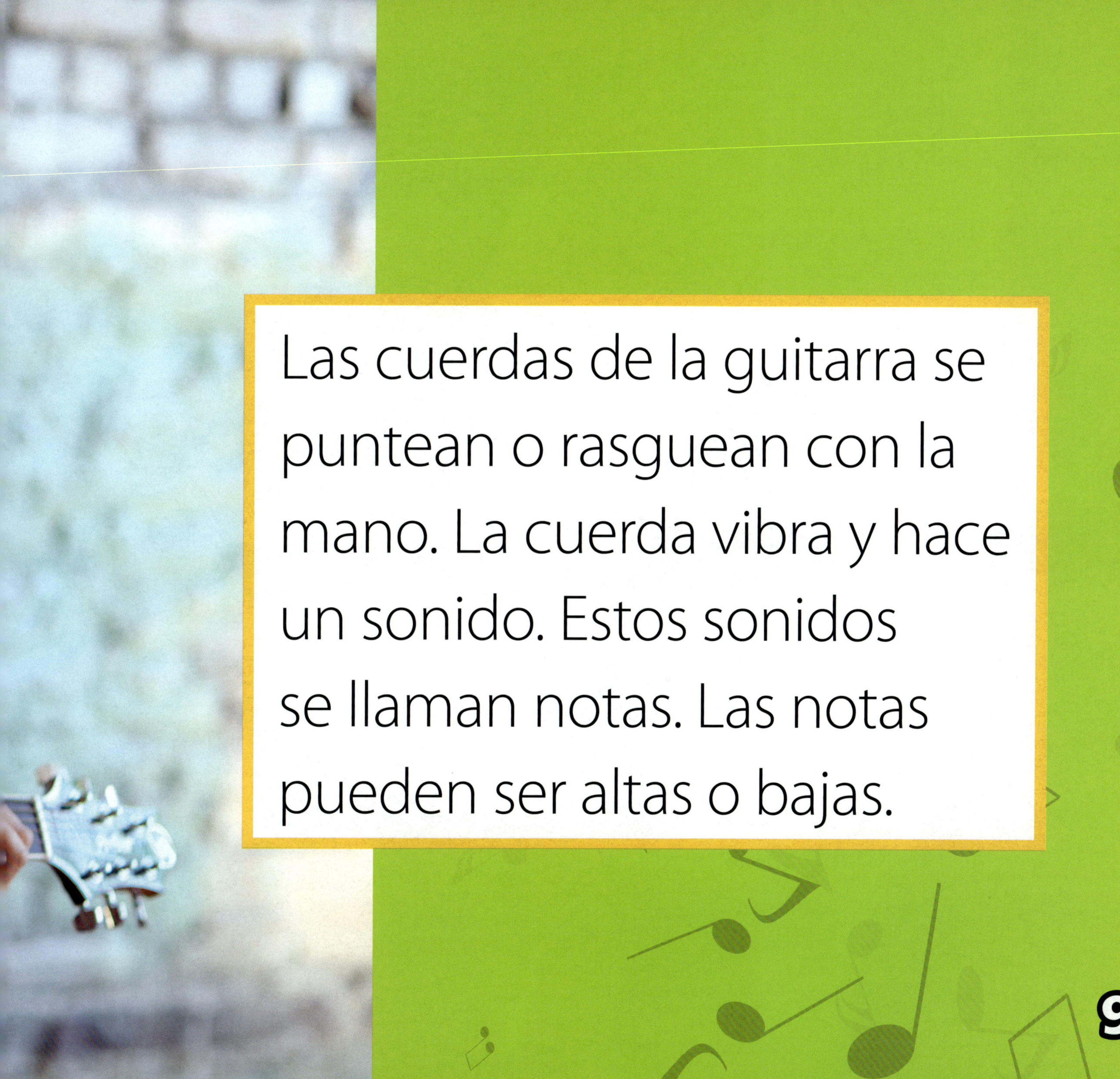

Las cuerdas de la guitarra se puntean o rasguean con la mano. La cuerda vibra y hace un sonido. Estos sonidos se llaman notas. Las notas pueden ser altas o bajas.

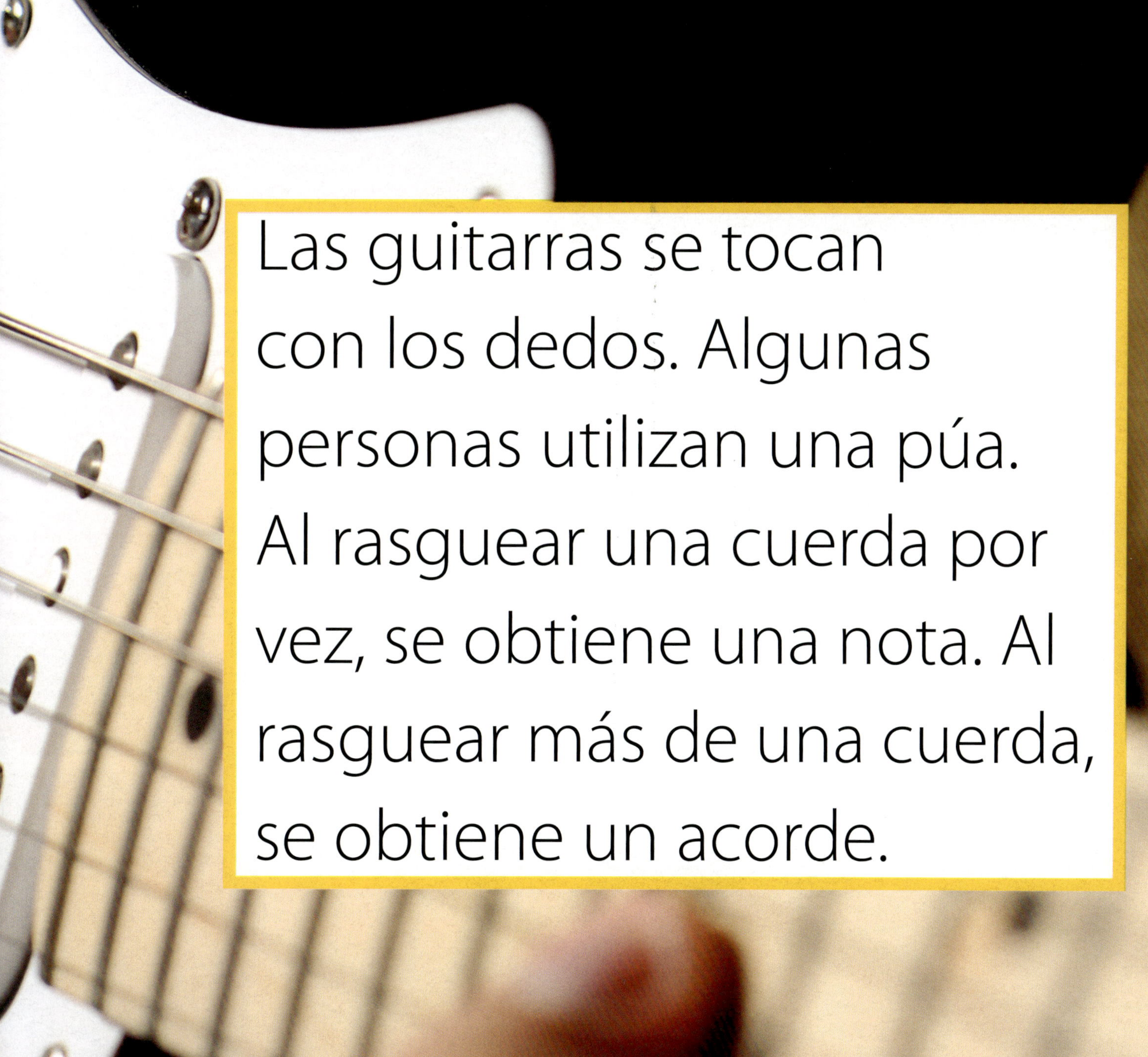

Las guitarras se tocan con los dedos. Algunas personas utilizan una púa. Al rasguear una cuerda por vez, se obtiene una nota. Al rasguear más de una cuerda, se obtiene un acorde.

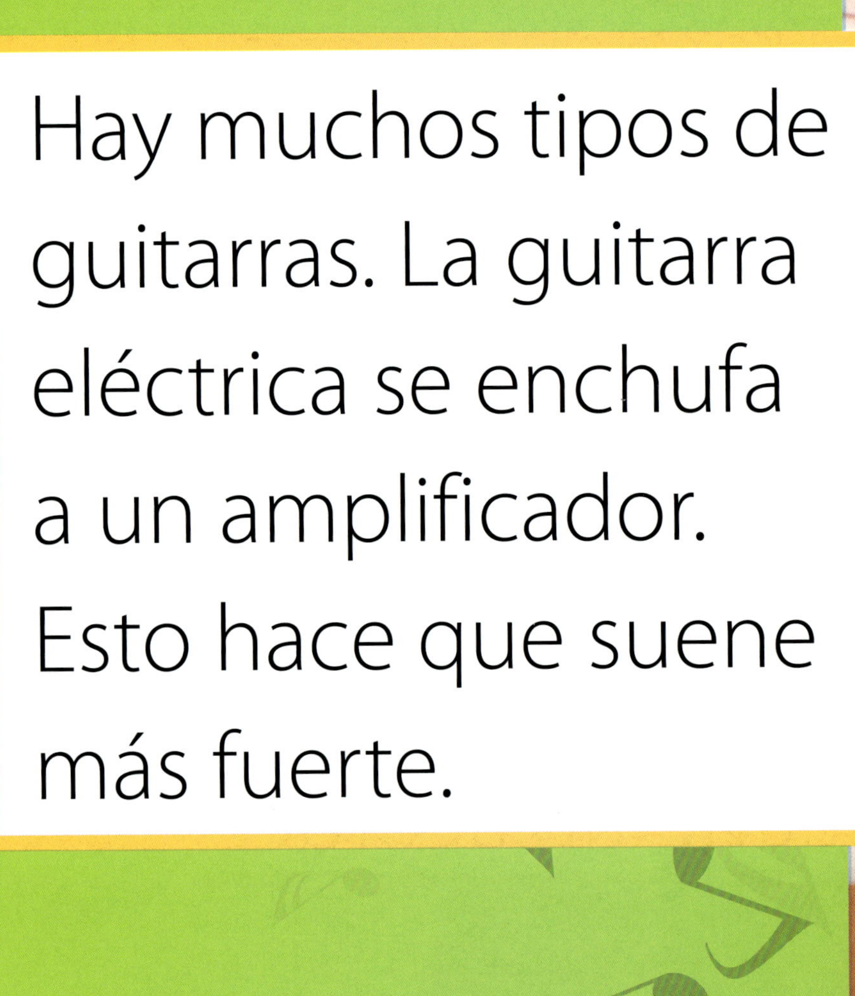

Hay muchos tipos de guitarras. La guitarra eléctrica se enchufa a un amplificador. Esto hace que suene más fuerte.

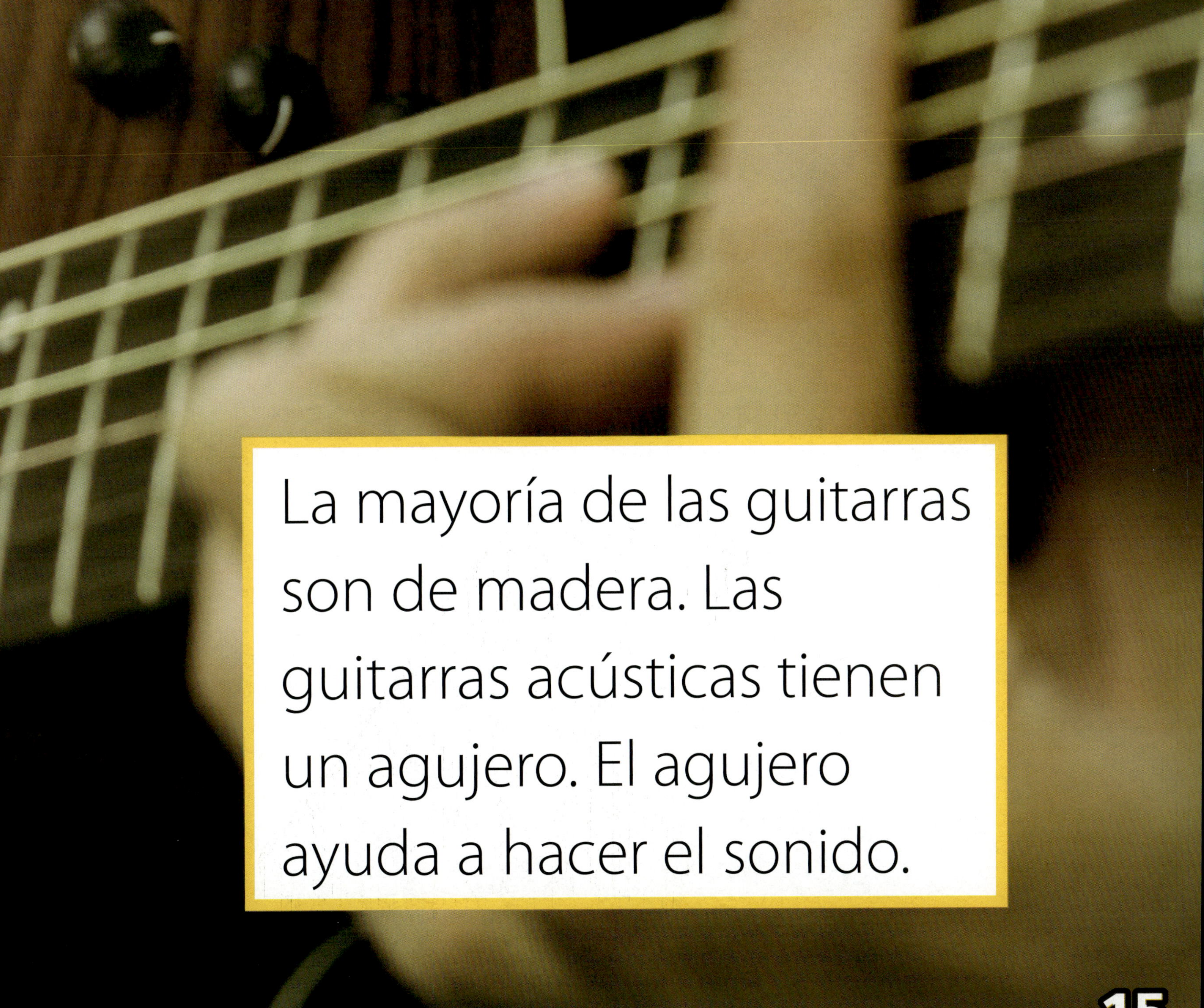

La mayoría de las guitarras son de madera. Las guitarras acústicas tienen un agujero. El agujero ayuda a hacer el sonido.

La guitarra se ha tocado por mucho tiempo. Los antiguos egipcios tocaban instrumentos similares a las guitarras. La guitarra se toca en todas partes del mundo.

La primera guitarra moderna fue creada por Antonio Torres Jurado en el 1800.

17

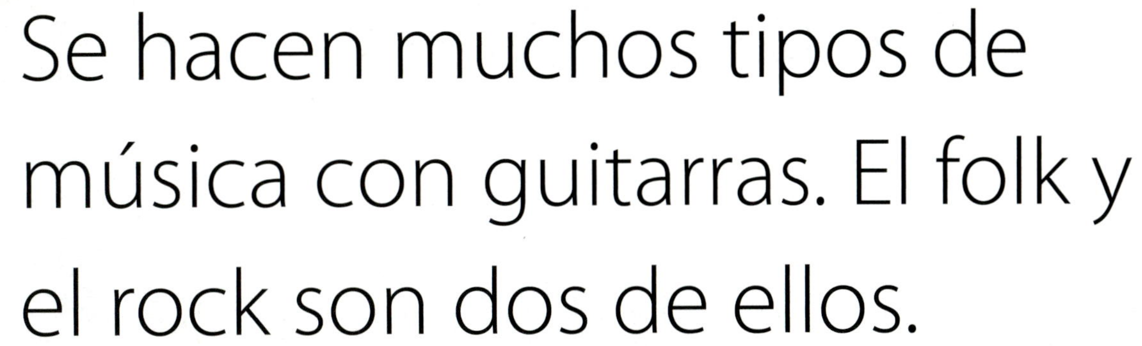

Se hacen muchos tipos de música con guitarras. El folk y el rock son dos de ellos.

La música rock comenzó en los Estados Unidos hace más de 60 años.

A veces, las guitarras se tocan solas, pero también se tocan junto con otros instrumentos. Muchas veces se toca la guitarra mientras otro canta. Muchas bandas tienen guitarras.

Veamos lo que has aprendido sobre las guitarras.

¿Cuál de estas imágenes no muestra a una guitarra?

¡Visita www.av2books.com para disfrutar de tu libro interactivo de inglés y español!

Check out www.av2books.com for your interactive English and Spanish ebook!

1. **Entra en www.av2books.com**
   Go to www.av2books.com

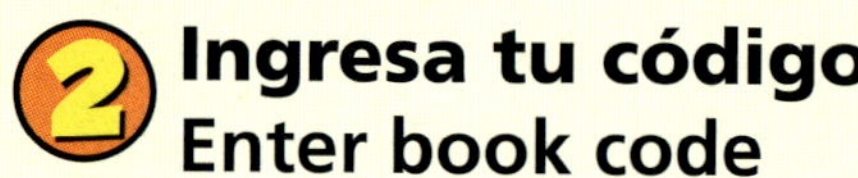

2. **Ingresa tu código**
   Enter book code

   AVE98922

3. **¡Alimenta tu imaginación en línea!**
   Fuel your imagination online!

www.av2books.com

Published by AV² by Weigl
350 5th Avenue, 59th Floor New York, NY 10118
Website: www.av2books.com

Library of Congress Control Number: 2018931048

ISBN 978-1-4896-7548-4 (hardcover)
ISBN 978-1-4896-7549-1 (multi-user eBook)

Printed in the United States of America in Brainerd, Minnesota
1 2 3 4 5 6 7 8 9 0 22 21 20 19 18

032018
011618

Project Coordinator: John Willis
Spanish Project Coordinator: Sara Cucini
Designer: Nick Newton
Spanish/English Translator: Translation Services USA

Weigl acknowledges Alamy, Getty Images, iStock, and Shutterstock as the primary image suppliers for this title.